생명의 노래
The Song of Life

판화 작품 속의 글을 일일이 영어로 옮겨 주신 캐나다 레지나 대학의 오강남 선생님,
작가 소개 글과 발문을 영어로 옮겨 주신 재미 화가 케이 홍 선생님,
작가 머리말을 영어로 옮겨 주신 번역가 김인이 선생님께 감사드립니다.

Thanks to Kang-nam Oh, professor of the University of Regina,
who translated the poems in the woodcut prints,
Kay Hong, painter, who translated profie of the artist and two reviews, and
Kim Inni, translator, who translated the preface.

이철수 판화 모음 2003_2004
생명의 노래

ⓒ 이철수, 2005

처음 펴낸 날 | 2005년 4월 10일
두번째 펴낸 날 | 2016년 10월 28일

지은이 | 이철수

엮은이 | 최만수, 홍현숙, 조인숙
펴낸이 | 홍현숙
펴낸곳 | 도서출판 호미

등록 | 1997년 6월 13일(제1-1454호)

주소 | 서울시 서대문구 성산로 312 1층(연희동 220-55번지 북산빌딩)
편집 | 02-332-5084
영업 | 02-322-1845
팩스 | 02-322-1846
이메일 | homipub@hanmail.net

표지·본문 디자인 | 끄레 어소시에이츠

ISBN | 89-88526-42-2 03810
값 | 28,000원

호미 생명을 섬깁니다. 마음밭을 일굽니다.

우리 시대의 대표적인 판화가인 이철수는 오윤의 영향을 많이 받았다는 평가로 처음 미술 활동을 시작했다.

1981년의 첫 개인전 이후 팔십년대 내내 탁월한 민중 판화가로서 이름을 떨친 그는, 구십년대에 들어서면서부터,

일상과 자연과 선禪을 소재로 한 새로운 작품 세계에 골몰해 왔다.

평범한 일상이 드높은 정신으로 가는 유일한 길이자 존재와 삶의 경이를 확인하는 과정이라고 믿는

그의 판화는 간결하고 단순하다. 단아한 그림과 글에 선禪적인 시정과 삶의 긍정을 담아 내는 이철수의 판화들은

"그림으로 시를 쓴다"는 평판과 함께 폭넓은 대중의 사랑을 받고 있다.

1981년 이후 국내의 여러 주요 도시와 독일, 스위스, 미국 등지에서 여러 차례 개인전을 가졌고, 「이철수의 작은 선물」,

「새도 무게가 있습니다」, 「산벚나무 꽃피었는데」, 「소리 하나」, 「배꽃 하얗게 지던 밤에」 등

다양한 판화집을 국내외에서 출판하였다.

지금 제천 외곽의 농촌에서 아내와 함께 농사를 지으면서 판화 작업을 하고 있다.

이철수의 집 www.mokpan.com

Master printmaker Lee Chul Soo is recognized among the foremost of
contemporary Korean artists for his woodcut prints. His first major exhibition took place in Seoul in 1981,
his work has been displayed in Germany, Switzerland, the United States, and many Korean cities.
Respected for his work as Min-jung Art Movement(Democratic Art Movement for People) printmaker
in the 1980's, Lee's focus shifted away from middle of political struggle to countryside
after he and his family move to a small rice farm in 1987.
Lee's woodcuts are characterized by their graphic minimalism and laconic prose.
His art is a reflection of his life as a farmer, Zen practitioner, and artist/poet. He attempts to reach all
people with his art, bearing universal themes without boundaries or borders.

Thematically Lee expresses a deep respect for nature, family and a quiet contemplative way of life.
Living with his wife on a small farm in rural Korea, Lee Chul Soo grows most of his own food,
writes poetry, and makes his prints by hand in the traditional way.
Lee Chul Soo work has also been published in the following books: *Lee Chul Soo's Woodcut Prints
2002-2004: A Little Gift, Even a Bird Has Weight, Though Cherry Trees Are in Full Blosson,
One Sound*, and *On a Night When Pear Flowers Have Fallen All White*.
On a Night When Pear Flowers Have Fallen All White is also published in Japanes.
One Sound is published in China and Taiwan.

Lee's website: www.mokpan.com

호미에서, 두 번째 판화집「생명의 노래」를 냅니다.

2003, 2004년 두 해 동안 쉬지 않고 새긴 판화 가운데서 66점을 가려 냈습니다.

그게 미술의 전부일 리 없지만, 우리 인생의 무덤덤하기 쉬운 일상을
다양하게 일깨우는 일이 제 판화의 몫이라고 여깁니다.

판화의 큰 여백이나 잔무늬 사이 빈 공간에서 마음자리를 찾아,

오솔길 같고 골목길 같은, 당신만의 사유 공간을 많이 만들 수 있기를 바랍니다.

판화가 당신의 것이 되고 모두의 것이 되기를,

존재와 사회의 순정하고 도덕적인 힘을 북돋울 수 있기를 오래 꿈꾸어 왔습니다.

길이 멀지만, 아직 걷고 있습니다.
당신이 길동무 해 주실 거라고 믿으면서….

2005. 3
이철수 드림

Homi is publishing
"Lee Chul Soo's Woodcut Prints 2003-2004: The Song of Life."
I have selected 66 woodcut prints from the ones
I carved in 2003 and 2004.

The prints certainly do not cover all fields of art, yet I regard them
as having the role of awakening our appreciation of
those everyday affairs that we normally consider merely ordinary.
I hope you find a place in your heart from the empty space
on the prints and between the motifs on them,
so that you can enjoy many of your own vista-like fields of thought.
I have dreamed for a long time that these woodcut prints
could be everyone's, and that they would encourage pureness and
morality in society.

The journey is long, yet I am still traveling.
I hope that you will accompany me.

March 2005
Lee, Chul Soo

1

The Song of Life

The seeds in a basket on a snowy day
waiting for the spring.

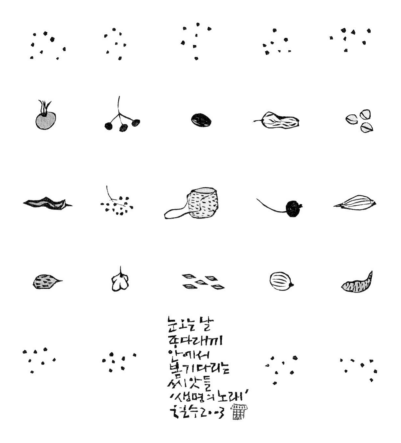

Sunshine — the Birth of Trees

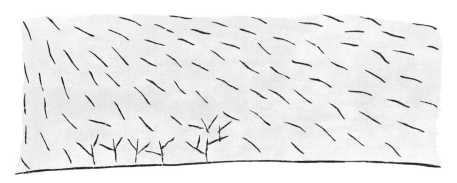

'햇살- 나무들 탄생' 철수 2004

Cherry Spring Day

On a day when the cherry blossoms were in full bloom,

A lady passerby in a village uttered:

"This must be Changgyeong Palace!"

The sound of the white cherry blossoms falling at Changgyeong Palace!

벗꽃 하얗게 핀날.
지내던 동네 아낙 한마디.
창경원 이데유!
그자리에.
창경원 벗꽃
하얗게 솔·나지는 소리 !

'벗꽃 봄날'
청수 2004 🎏

벗꽃 봄날 Cherry Spring Day 585 × 500mm

Dandelion's Night Sky

Today
the whole universe seems to exist
only for you.

너
하나를
위해
오늘은
온
우주가
있는듯
...

"민들레의 밤하늘"
천수
2004

민들레의 밤하늘 Dandelion's Night Sky 710 · 585mm

Work

'일'헐수2004

While Cultivating the Field

While cultivating the field in the spring,

I wonder whether those who were decorating the clay pots (an Eolithic earthen vessel)

In old days had the same mind as mine.

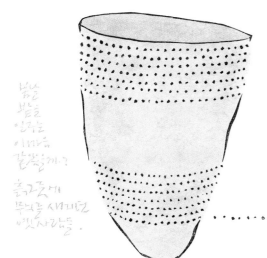

넓은
밭을
일구는
이마음
같았을게?

촘촘히
무늬를 새겨넣던
옛사람들.

밭을 갈면서
친구 2003

The Ladder

A beautiful and simple tool you abandon once you reach up there.

오르고나면
점점 버려지게되는
아름답고
단순한 도구
'사다리'
현수 2003

A Ladder — An upward path, a beautiful single path, that leads to the wide space . . .

철수 2004

사다리 - 오르는길, 아름다운 외길. 막다른데서 크게 열리는…

사다리 The Ladder 710 x 585mm

The Hoe

Suddenly I found the hoe I had lost in the grass.
Yes, "Suddenly!"
It's how you find lost things.

풀숲에다
호미를 찾다
문득!
잃는물건
다시찾을때도
문득!

'호미'
철수
2003

Little and Countless

The little moss in the forest,

The little plants ···

You cannot see them from here.

Oh, little and countless lives in that deep forest.

8 8 0 0 66 04

저 숲속에 작은
이끼들, 작은 풀꽃들...
여기서는 보이지 않네
숲속 그득한, 작고 수많은
생명들.
'작고, 수많은...'
철수 2004

The Courtyard Where Lilac Petals Fell

The day lilac petals were falling,

I stood under them.

O, what a splendid death!

It was welcomed as a spring guest.

라일락 져내리는
꽃숲에서다
이리 화사한 죽음
봄손님 맞는듯

'라일락지는뜰'
철수 2004

라일락 지는 뜰 The Courtyard Where Lilac Petals Fell 585 × 320mm

My Dung
I am emptying the dung basin.
If I ask, "Mr. Dung, where are you from?"
might it not mention my name?
Oh, that smell, that terrible smell!

똥푸다,
진창 주린세!
—똥선생 본관이 어디시오? 물으면
똥이 냄이금 대저 臥淚헸것나가?
그 냄새!
똑한 사람냄새.

'내똥'
철수2003 卌

Touch-Me-Not Autumn

An autumn day

when the touch-me-nots burst, sending their seeds away.

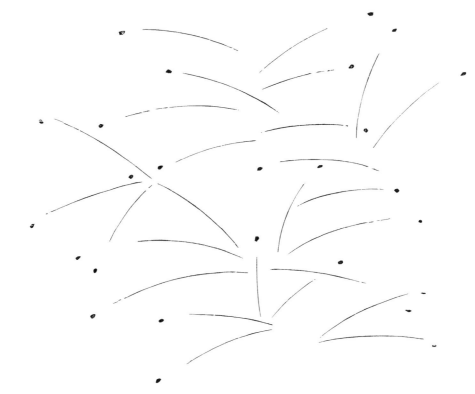

봉숭아씨
터져 달아나는
가을날

'봉숭아 가을'
형수2003

Green Onion Flower

Wild Grapes

"Sorry, but I did my best.

I am ashamed of myself this year, too. Forgive me."

"Don't mention it.

You will have a better crop next year.

Once they take root, they will be more productive by themselves

Even without your knowing how."

하느라고 해도
이렇습니다.
올해도.
부끄럽습니다.
좌송합니다

괜찮아요.
내년 여름가
더좋을텐데 뭐.
뿌리내리면 점점
좋아지지
당신도
다르는사이에
좋아질걸!

머루과 …
정수2003

Paulownia Flowers

O, paulownia flowers, paulownia flowers, paulownia flowers.

Paulownia flowers in the back of my house.

Paulownia flowers, paulownia flowers that I saw on the way to Cheongsong.

They have been the same all the time.

Never dreamed of becoming the ace on the playing cards.

오동꽃 오동꽃 오동꽃
내 둘레에 오동꽃
청승지나는 길에 본
오동꽃 오동꽃
네나 저나 한소리
─ 오동광도 꿈도 못꾸고 ·
'오동꽃이 하는 말' 철수2004

After Sunset

Just like the constellations appearing after a sunset,

The birds are flying like stars.

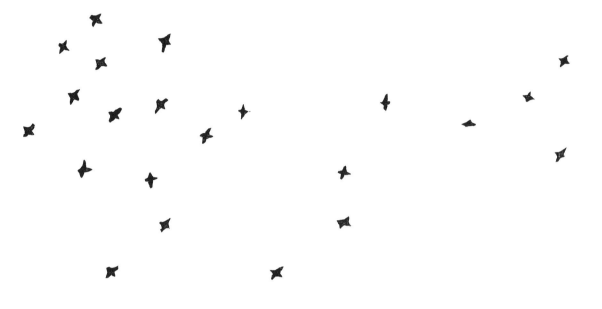

해저무는 하늘에
별자리 더러굼, 새들
날아오르다. 별처럼 ...
`해저무는 하늘에...`
철수 2004

Your Way

An old man slowly traverses the hilly bean field with long furrows.

That hilly field had been hard to cross even when he was young.

노인 한분

밭 언덕을 천천히 오르신다. 그 산밭길, 젊어서도 힘들었다.   '당신의 길' 철수 2004

The Hemp Field

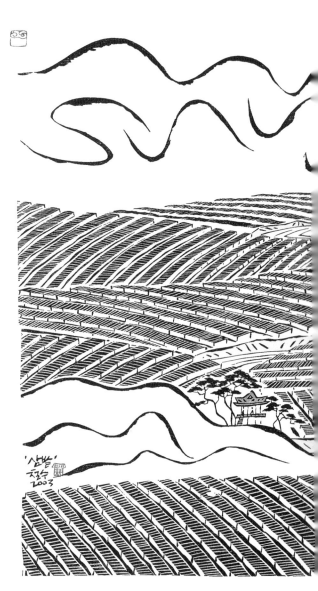

New Year's Eve

Late on New Year's Eve,

You've fallen asleep, and I stay awake alone.

It's snowing.

Is this next year the year of tiger?

I try by myself.

"Roar!"

밤잠이
그때 잠들고
혼자 깨어 있는 그믐
늙으는 밤
고는개바니 버텨새라고 했나?
혼자서 한마디.
'버휼!'

'섣달'
그믐
철수 2003 ▦

섣달 그믐 New Year's Eve 285 × 585mm

The Mind of a Dandelion

It's early in the spring,

And the dandelions are yet to bloom.

But in their minds, the downy seeds

Are floating around already.

이른 봄날
민들레
아직

꽃없고
마음에
벌써
떠가는
솜털씨

'민들레'
마음
경수
2003

Snowing Flowers

Now the sky doesn't seem to have a mind to snow · · ·

이제
하늘도
눈오실 생각이
없으신듯...

· 꽃눈 ·
철수2004 🏛

꽃눈 Snowing Flowers 585 × 500mm

2

Small Things

Better love the world tenderly.
These small things.

작은 것들 Small Things 585×500mm

Look a

the

ls

in the Sky!

A Weather Forecast

The forecast called for snow.

The sky is clear.

The two originally had nothing to do with each other.

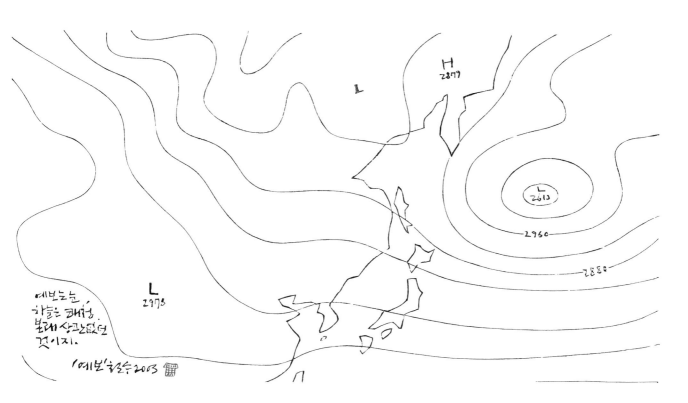

A White Butterfly on the Dong River

I went to Eorayeon,

And happened upon a white butterfly crossing the Dong River.

It had no anxiety, and nothing disturbed it.

어라연 갔더니 흰나비 한마리 동강을 건넌다 조바심 없이 태연하다

동강 흰나비 A White Butterfly on the Dong River 585 × 245mm

A Trip to the Dong River 1

"··· Excuse me.

We have to go across you.

Please forgive us.

We will go quietly."

실례합니다.
저희가 좀
지나가게 되었습니다.
양해 하십시오.
조용히
가겠습니다

동강기행1
철수2003

A Trip to the Dong River 2
An empty beach,
I lie in an empty boat,
Bright sunshine.
With a passing breeze
I momentarily lay down
All those useless thoughts.

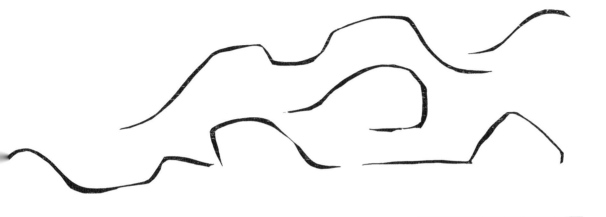

보고행건
밤배에 누워
쏟아지는 햇살
지나는 바람을 맞으며
술에 없는 사공과
잠시 놀아

"동강기행2" 화숙2003

A Trip to the Dong River 3

I saw that the silence of the rock in the water
Was the silence of the water that was flowing past it.

물에 잠긴
바위의 고요함이,
바위 곁을 지나는
강물의 고요함인 것을
보았습니다.

'동강기행 3' 청산2003

동강기행 3 A Trip to the Dong River 3 670×420mm

A Trip to Dong River 4

When a river dies, its joy, anger, and tranquillity also die.

A long meandering river and mountains — let them flow as freely as they want.

강물 흐르면
그의 온갖기쁨과
슬픔과 노여움과 그외가
모두 끝나가겠지.

구비쳐 흐르는
건강, 건살
흐르는데 까지는
그저 흐르게··.

'동강기행 4'
철수 2·12 🏯

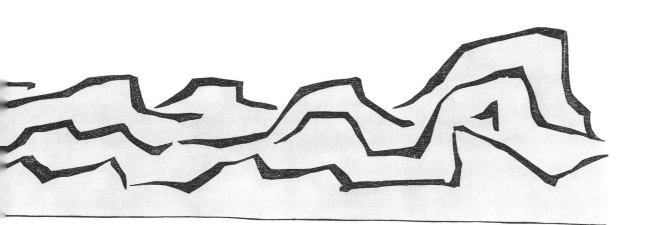

머리없는 새가
날개 없이 날아오르니
허공에 큰길이 났겠네

'새' 현수 2002

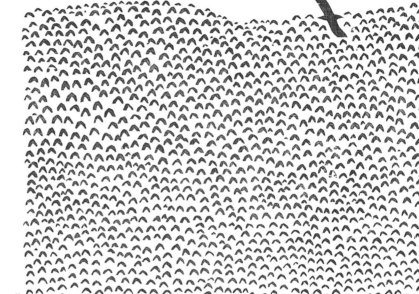

A Bird

As a bird without a head
Soars up without wings.
There appeared a broad road!

The Candle Flame

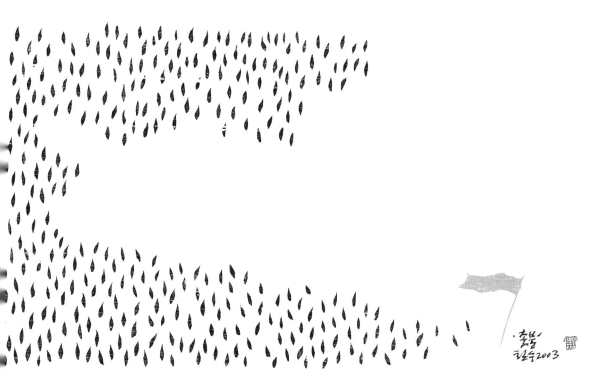

The Large Dharma Hall

Monk Blue Cliff

Upon returning from work,

I open The Blue Cliff Record.

"Master, I am tired and must go to bed early tonight."

Masters never say no.

일하고 돌아와
밥짓는데 바람불을 켜며
一스님, 오늘은 편안하게
일찍 들어가야겠습니다
스님을 안던져시는 법이 없다

' 벽암스님 '
천수리그

A Place for Practice

Oh you, the seeker of the Way,

Are you still living at that address?

Why don't you move out of there for your own life?

거울 찾는 그대
여태 그 곳에 계시는가?
케슬람 못나고 ?

·수행처·
형수2003 ▦

수행처 A Place for Practice 345 × 585mm

A Puppet Show

"The Only Honorable One Throughout Heaven and Earth"
walking just as manipulated.

시키는대로
걷는,
천상 천하
유아독존

'인형극'
철수 2003 🏮

The Blue Cliff Record

On a rainy day,

I open The Blue Cliff Record.

It seems to say, "Why do you call upon me on a rainy day?"

When it is rainy, the blue cliff seems even more blue.

비 오시는날 . 벽암록을펴다.
- 하편 비오시는 날 부르시는가? 하시는듯.
- 비오시내 푸른 바위 더욱 푸르고 …
        ` 벽암록 ` 혈수 2003 🏛

As You Sow

Reap as you sow,
And if there is no more greed,
You will be calm.

뿌린대로 거두고
무욕이면 고요하다
'뿌린대로'
정수
2003

뿌린 대로 As You Sow 650 / 420mm

On Buddha's Birthday

"Why have you come here?"

"You ask why I am here?
Look at your own feet."

"I am standing in the middle of a rice paddy
And wearing my long boots."

"What's the color of the water?
Are the rice stalks fresh and green?"

"I planted them, so don't worry."

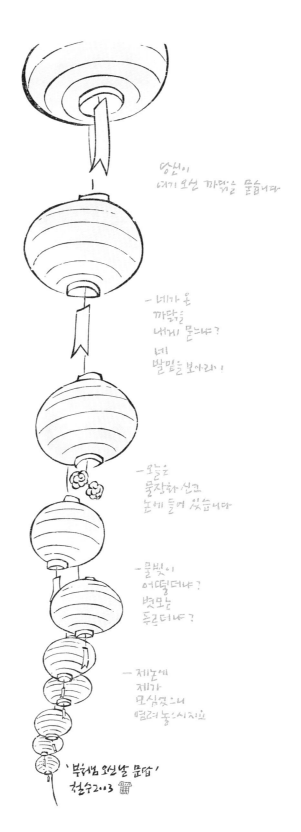

당신이
여기 오신 까닭을 묻습니다

— 네가 온
까닭을
내게 묻느냐?
네
발밑을 보아라!

— 오늘은
풍장하 신고
논에 들어 있습니다

— 물빛이
어떻더냐?
벗모는
푸르더냐?

— 저논에
제가
모심겄으니
얼려 놓으시지요

'부처님 오신날 문답'
철수2003 ▦

부처님 오신날 문답 On Buddha's Birthday 330 × 745mm

On Buddha's Birthday

On Buddha's birthday, the child asks.

"Did you go to the temple?"

"Yes, I did."

"What did you do there?"

"I had lunch."

"Was that all you did?"

"Oops, my bodhisattva daughter!"

초파일에
아기가 묻는다
- 절에 다녀 오셨어요?
- 응
- 뭐 하셨어요?
- 점심 먹고 왔지
- 겨우?
- 아불사! 대념 보살!

'부처님 오신날 문답'
호구수 2003

Questions and Answers

A crow caws loudly just outside the window.

"Yes, I understand you."

It caws again.

"I said I understand!"

The Blessed Cat

At the fish market on the shore

The fat cat

Without catching one mouse

Stomach about to burst.

바닷가 어판장기
살찐 고양이는
쥐도 안잡고
배가 터집니다

'복있는고양이'
철수2003 ▦

Watching Things of the World

Mind and body,
Looks like an apple that fell and broke.

떨어져 깨져버린
사과처럼.
부서져버린 …,
마음!
몸!

세상구경'
철수
2003

Watching Things of the World: On the River Bank

Someone was drowning in a big flood.

A person on the bank could do nothing except jump up and down, saying "I'm sorry. I am sorry."

I stand here on the bank of the world.

Day in and day out,

I do nothing except say, "I'm sorry. I'm sorry."

큰물나서
살려주세요, 살려주세요! 하는데
'미안해요, 미안해요!' 하며
발만 동동 굴렀다는 '가 있었다.
그렇게, 세상의,
강변에 서서,
매일매일
'미안하다, 미안하다!'

'세상구경 - 강변에서'
천수 2003

3

일하는 여자

일하는 여자 A Working Woman 340×320mm

A Working Man

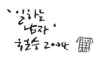

Hands

Working in the field all day long.

The simple and silent paws of animals.

종일
밭에 길!
단순하고,
말 없는, 짐승의
앞발.

'손'
철수
2004

An Agricultural Aphorism: "Take a Rest"

A moving seed cannot sprout.

Stay calm!

움직이는 씨는
싹을 틔우지 못하는 법
-고요히
앉으라!

'농사경어 - 쉬라!'
철수2004

A Good Day

After rain,

Everything looks clear.

The dog is barking at the cat.

It must be a good day.

비개인 뒤
세상 더욱 또렷하다
개는 고양이 보고 컹컹짖고!
좋은 날 , , 분명하다.

`좋은날`
철수 2004 畾

The way

A snail, even if it moves slowly has its
Own way to go diligently.

'길'
철수2003

달팽이 더디가는 걸음도 부지런한 제길!

The Perfect World

A one-legged frog is swimming around.

You, as you are now, are perfect.

외발의 개구리 한마리 허얼 헐거다본다. 너, 그대로 온전하구나! 「온전한세계」 철수2003 🏠

Crossing

A bird cuts across the superhighway.

You too want to do as it does?

쾌속으로 달리는
고속도로를
칼로 자르듯 가로지르는
새 한마리 있었어
너도, 따라서?

'교차' 철수 2003

How to Appreciate the Paintings

Forget the painter and meet the paintings.

If you find the stories the paintings are telling you interesting,

Just take them.

You may even go somewhere quiet with those stories.

"You didn't find anything interesting?

Why didn't you leave earlier?"

혹가 짓고 그림을 만나세요.
그림이 하는 이야기 재미 있거든
그 이야기 챙기세요.
그 이야기 듣고,
조용한 데로 나가기도 좋지요.
－재미 있는 이야기 셨다구요?
－일찍 나오시지 그러셨어요？

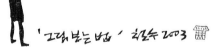

'그림 보는 법' 최순 2003 ▦

A Waterway

If you make a small waterway,

Water will flow the whole way by itself.

Even though one sailing leisurely on the water does not know the original waterway,

What does it matter?

자늑 물결 내면
절로 흐르고 오래를러
제길 가기마련
배 띄워 한가로운이가
첫물결 모른다손.
무슨상관

`물결`
현수 2004

128 | 129   **A Walk**

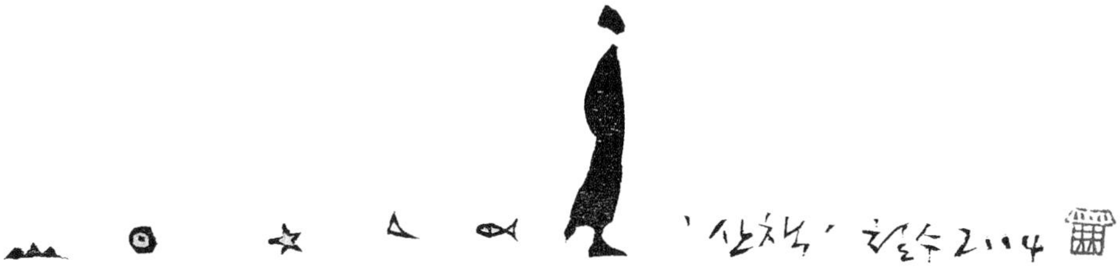

산책 A Walk 385×315mm

Outing to go Home

"Where are you going to?"

"To my home."

"Oh, there you just left, is it?"

- 어디 가시려구?
- 제집에요
- 떠나온 거기?
- ···

'집으로 가는 외출'
철수 2003

A Homebound Ship

On the water a ship was returning,

After sailing in the wide open space, to a small home.

큰바다에서
배돌아오고 있었다
드넓은데 어디서
작은 점으로
작은 점으로

'귀선'
형수 2003 ▦

귀선 A Homebound Ship 585×485mm

Yin and Yang

Near at the same time

Far.

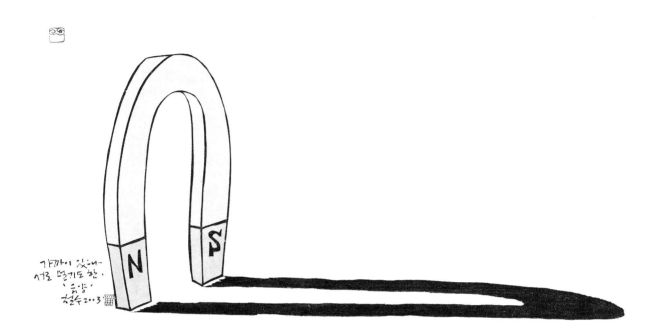

가까이 있대
서로 멀기도 한
'음양'
청우 2003

음양 Yin and Yang 585 × 330mm

A Jar Lid

My wife bought a lid for a jar.

I ask to myself.

"Do you know what it was before it became what it is now?

Was it burning fire or dirty clay or stagnant water?"

I put it on the jar without words.

아내가
항아리뚜껑을 사왔다

혼자 묻는다
그것이 정을 아시는가?
- 타는불인가?
- 더러운 흙인가?
- 고인물인가?
　대답없이 뚜껑들이
항아리를 덮는다.

'항아리뚜껑'
철수 2003

A Spring Day

Dear!

Do you hear the birds chirping?

The chirping you hand over to me!

여보!
새소리 들리지요?
당신이 건네주는
새소리!

· 봄날 철수 2003 🁫

At Night

Looking at you while you sleep,
I think momentarily of the other world.
How warm this humble world is!

잠든 당신을 보고
잠시, 저승을 생각하다
얼마나 따뜻한가
이 초라한 이승!

'밤에...'
경수
2003

A Long Nap

You are taking a nap with the baby.
The sun has already set.
The house has been quiet the whole afternoon
As if completely empty.
Shall I wake you up?

당신이
아니라
낮잠들어
해저물도록
일어나지않는다
저녁내
텅비어있듯이
조용하다
일어나시라 할까?

'긴낮잠'
현수련3

My Home

The place where the world and I can take a peaceful rest together.

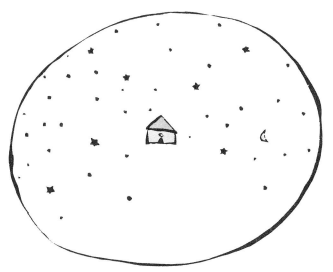

세상과 내가
함께, 고요하게.
쉬는 자리

'집' 현수 2004

The Starry Night Sky

Looking at the starry night sky,
I think of something that was born in a place far away
And is returning to a place far away.

별 많은 밤하늘 보고
저 아득한 데서 나서
그 아득한 데로 돌아가는 것
생각하다
철수 2004

평동리 철수네

권정생 | 동화 작가

충청도 박달재를 굽이굽이 올라가면 꼭대기에 백운면 평동 마을이 있다. 그 마을에 서울서 철수네가 이사 와서 살아온 지 벌써 스무 해가 다 되었다.

철수 그림을 모두 이쁘다고 한다. 특히 우리 동네 장터에 있는 우체국 출납 창구에서 근무 하던 아주머니 직원은 철수 판화가 들어 있는 달력을 갖다 주면 흡사 애인을 만난 듯이 얼굴 이 상기되도록 좋아했다.

철수 그림이 왜 이렇게 예쁘고, 그리고 모두들 좋아하는지, 철수는 어디까지나 자기 솜씨 때문이라고 으시대지만, 그건 절대 착각이다.

철수 판화가 예쁜 것은 철수가 장가를 잘 가서 예쁜 각시를 얻은 덕택이다. 그 각시가 낳은 아이들도 모두 예쁘다.

그러니까 내 생각은 다르다. 철수 그림이 예쁜 이유는 철수 각시가 예쁘고 박달재 꼭대기 평동 마을이 아름답기 때문이다. 그 곳 하늘도 구름도 별고 달도 날아가는 새들도 모두 아름 다워서다.

철수는 거기서 벼 농사도 짓고 고추 밭도 가꾼다. 그러느라 조막조막 자라는 곡식도 상추 쑥갓도 가까이서 살펴보게 되었다. 산비탈의 소나무와 냇가의 미루나무도 억새풀과 박주가리 도 철수 눈에 예쁘게 보인 것이다.

판화가 오윤 선생의 그림을 흉내 낼 때는 아무래도 쑥스럽던 모양새가 평동에 와서 그런 어색한 옷을 깨끗이 벗게 되자 철수의 본래 그림으로 새로 태어나게 되었다.

내가 살고 있는 마을은 집집이 가 보면 아직도 구석구석에 절 집이나 점 집에서 얻어 온 이 상한 부적만 붙어 있다. 동네 할머니들한테 철수 판화 달력을 보여 주면서 "예쁘지요?" 하고 물으면 "예쁘긴 뭐가 예뻐" 하면서 매정하게 고개를 돌린다.

몇 해 전 누구한테서 얻은 유럽의 조각상을 사진으로 찍어 만든 달력을 방안에 걸어 둔 적 이 있었다. 마침 그 달치에 벌거숭이 다윗 상이 찍힌 사진이 걸려 있었는데 내가 없는 사이에 할머니들 몇이서 다녀간 모양이다. 내가 보는 데서는 차마 그러지 못하고 없는 사이에 다윗의 사타구니를 손톱으로 갉아 구멍을 뚫어 놓았다. 구멍 뚫린 사타구니는 참으로 흉측했다. 할 수 없이 달력을 떼어 낼 수밖에 없었다.

박수근 선생의 그림 달력도 이응섭 선생의 그림도 할머니들은 거들떠보지도 않는다. 나는 그런 동네 할머니들을 보면서 민중이란 실체가 무엇인지 혼란스러워진다. 대체 민중 그림은 어떤 것인지.

그 때부터 우리 집에도 해마다 이장님 댁에서 얻어 온, 날짜 글씨가 큼지막한 농협 달력을 일 년 내내 걸어 둘 수밖에 없다. 조탑리 마을에서 살아가자면 마을 사람들 눈높이에 맞춰야만 편하기 때문이다.

언제쯤 철수 판화 같은 예쁜 그림 달력을 우리 마을 사람들도 좋아하게 될지, 한참은 더 기다려야 할 것 같다.

2005년 2월 2일
권정생

Lee, Chul Soo and Pyungdong-Ri

Kwon, Jung Saeng I writer

Long ago Chul Soo and his family moved way from the urban sprawl of Seoul, across the winding hills of Bakdal Pass in Choongchungbook-Do there is a small village called Pyungdong-Ri where they have lived for the past twenty years. There Chul Soo grows rice, peppers, various grains and vegetables that he attends and observes very closely and carefully. His attention to the entirety of his surroundings is reflected in his art; whether he is gazing at the pine trees on the mountain slope, the cotton woods by the stream, the purple eulalias, and the bursting flowers of milkweeds his art is a tribute to his surroundings.

Chul Soo likes to brag playfully about people's admiration of his work and claim that their appreciation is deserved praise for his talent. I find these displays somewhat disingenuous because the real reason Chul Soo's art work is so beautiful is because he is married to a beautiful woman and because of the beautiful children his wife gave him. And his work reflects the beauty of his loving family as well as the idyllic village at the top of Bakdal Pass where they live.

Many people admire Chul Soo's work and I can remember in particular the giddy reaction of a postal worker at the village market; I gave her a copy of Chul Soo's calendar and her face flushed passionately red, almost as if she were meeting an illicit lover.

Of course, every artist has their critics. The families in the village where I live hang strange talismans from fortune tellers and Buddhist temples in their homes and are not very fond of the art I like. When I asked a few of my neighbors whether they thought Chul Soo's work was beautiful, they distinctly replied "No they are not," without hesitation. The renowned painter Park Soo Kun and Lee Ung Sub's works were also flatly panned by them. When I encounter such reactions, I wonder about the noumenon, the "true essence of people," and what can truly be called *minjung* art, "people's art?"

A few years ago I had a calendar featuring photographs of famous European sculptures a friend gave me. One of the sculptures was Michelangelo's David. So one day while I was out, a couple of old ladies came by to visit me and while they didn't have the nerve to say anything about it when I met them, I discovered later that while I was gone they had scratched out David's genitals leaving a whole in the picture. The newly castrated David appeared rather grotesque and I was forced to take the calendar off the wall. From then on I ended up getting my calendar from the village leader, the kind with big bland letters, the same kind everybody else in the village uses.

In order to live harmoniously with everyone in my community, it has been better to follow the tastes of my fellow villagers, but I am dreaming of the day when my neighbors will appreciate Chul Soo's charming calendar as much as I do.

February 2, 2005
Kwon, Jung Saeng

이철수라는 이름의 나침반

김원 | 월간 PAPER 아트디렉터

누구를 막론하고, 어떤 인물을 객관적인 시각으로 바라보는 일이란 불가능한 일이다. 어떤 사람의 그림을 객관적인 시각으로 바라보는 일 또한 불가능한 일이다. 그건 마치, 하늘이나 산이나 꽃나무를 객관적인 시각으로 바라보는 일이 불가능한 것과 마찬가지라고 생각한다. 나는 아주 오랫동안 그의 그림을 보아 왔다. 그의 그림을 보기 위해 일부러 전시장을 찾거나 작품집을 구해서 본 것도 아닌데, 나는 늘 그의 그림들을 보게 되곤 하였다. 그의 그림과 이야기들은 여러 경로를 통해 나에게 다가왔고, 나의 시야에서 어른거렸으며, 그것도 모자라 늘 나에게 말을 걸곤 했다.

나는 그로부터, 이번 판화집에 들어갈 글을 써 보는 것이 어떻겠느냐는 권유를 받았다. 내 겐 마른하늘에 날벼락과도 같은 권유였다. 누구나가 이미 잘 알고 있는 그의 그림에 대해, 이러쿵저러쿵 첨언을 한다는 것 자체가 매우 멋쩍은 일이라는 생각이 들었기 때문이다. 그렇지만, 그의 작품 세계를 눈물이 나도록 좋아하는 나는, 그에게 "잘 쓰고 싶다"라고 대답했고, 그는 "잘 쓰려고 애쓸 필요 없다"라는 말을 내게 되돌려주었다. 그 말의 의미는, 내가 무어라 쓰더라도 "상관하지 않겠다"라는 뜻이었을까? 나는 아마도 그런 의미였으리라고 생각하기로 했다. 나라는 인간으로 말하자면, 오로지 그의 그림 세 점과 그가 그 그림들 속에 남긴 짧은 글을 읽는 것만으로도, 그가 가슴으로 하는 이야기를 들을 수 있는 사람이라고 자부한다. 그리고 그것은 나에게만 국한되는 일이 아니라, 그의 그림을 보게 되는 모든 사람들이 그러하리라는 것을 또한 믿는다.

그러니 그의 그림에 대해 이러쿵저러쿵 이야기를 늘어놓는 것이 매우 쓸데없는 짓이라는 것을 나는 잘 알고 있다. 왜냐하면, 내가 무어라 굳이 덧글을 붙이지 않더라도 그의 그림들은 이미 그의 그림을 보는 이들에게 충분한 이야기를 전하고 있기 때문이다. 더 이상 설명이 필요 없는 그림에 대해 이런저런 설명을 하려 든다는 것이 얼마나 어리석은 짓이겠는가? 그럼에도 불구하고 지금 내가 이 글을 쓰는 이유는, 나도 여러분들처럼 이철수의 그림에 대해 무

언가 하고 싶은 말이 있기 때문이다. 그가 자꾸만 우리의 소매를 붙잡고, 우리에게 말을 걸어 오는 것과 똑같이 말이다.

그는 언제나 우리에게 묻는다. 때로는 웃음 띤 얼굴로, 때로는 정색을 하고, 또 어떤 때는 무덤덤한 표정으로 우리에게 묻는다. "평안하시지요?" 나는 그 짧은 한마디 인사말 속에 그 가 우리에게 지니고 있는 모든 관심과 애정이 담겨 있음을 본다. 매우 간단해 보이는 짧은 인 사이지만, 그 인사말 속에 담긴 뜻은 종종, "바람이 부니, 걷기가 힘드시지요?" "밥을 드시고 나니, 행복하시지요?" "가끔은 별도 바라보며 사시는 거지요?" "꽃들도 아파한다는 것쯤은 알고 계시는 거지요?" 등등의 의미가 담겨 있는 인사말이라는 것을 나는 안다. 그런 '아무 것 도 아닌 듯하지만, 실제로는 매우 무거운' 질문들을 그는 지렁이나 달팽이, 민들레꽃이나 별, 의자, 사다리, 붕어빵, 아내의 뒷모습, 그리고 그 밖의 모든 사소한 사물들을 통해 우리에게 묻곤 하는 것이다.

"평안하시지요?"

자, 그러니 이제는 우리가 대답할 차례다. "제기랄! 평안한 게 다 뭡니까?"라고 퉁명스런 답을 되돌려드리는 것이, 대부분의 날들에 내가 그에게 되돌려줄 수 있는 답의 전부이다. 도 대체가 평안하지가 않다. 아이들은 밤늦도록 학원에 가서 눈알이 새빨개지도록 공부를 해야 하고, 부모들은 그 학원비를 내기 위해 죽어라 일을 해야 하고, 어떤 청년들은 실연의 늪에 빠 져 밤새도록 눈물을 흘려야 하고, 또 어떤 친구들은 가로막힌 길 앞에서 꿈을 접고 발길을 돌 려야 한다. 그러니, 도대체 어찌 평안할 수가 있단 말인가? 산천은 마구잡이 개발로 끝없이 황폐해져만 가고, 수많은 사람들이 너나없이 돈의 노예가 되어 살아가고 있는데, 도대체 어떻 게 평안할 수가 있냔 말이다.

그러니, 우리는 턱을 앞으로 내밀며 그에게 묻는다. "어이, 이철수 선생, 어떻게 하면, 우리 가 평안하게 살 수 있는 거죠?" 그러나 그렇게 날이 선 질문을 던져도 그는 전혀 당혹스러워 하지 않는다. 그는 우리의 질문에 대해 또 다시 슬며시 웃으면서 대답하거나, 정색을 하고 대 답하거나, 또는 무덤덤하게 대답할 것이다. "그 답은 나보다 여러분들께서 더 잘 알고 계시지 않느냐"고…. 그러니 미칠 노릇이다. 그는 그렇게 황망한 대답을 우리에게 슬쩍 던져 놓고, 저 멀리 발걸음을 재촉하며 사라져 버릴 것이 뻔하기 때문이다.

그리고 또 어디선가 불쑥 나타나 그는 오늘도 우리에게 묻는다. 지치지도 않고, 묻고 또 묻 는다. 그리고 웃음 지으며 스스로 대답한다. 그리고 다시 묻는다. 그의 질문에는 끝이 없다. 그 질문들은 매우 단순한 질문인 동시에 대답하기에 매우 어려운 질문인 경우가 대부분이다.

그는 질문하고, 질문하고, 또 질문한다. 도무지 우리를 가만히 내버려 두는 법이 없다. 그래서 나는 가끔 그의 성미가 매우 고약한 것이 아닐까, 하는 의심을 품어 보곤 한다. 그렇지 않고서야 어떻게 그렇게 심술궂은 질문을 아무렇지도 않게 던질 수가 있단 말인가? 그런데, 또 한 편으론, 아니다, 어쩌면 그건 그가 너무 착해서 그런 건지도 모른다며 내 생각을 고쳐 보기도 한다.

그의 질문들이란, 예를 들면, 다음과 같은 것들이다.

아름다운 벗이 있으신지요? 아름다운 친구가 되고 계신지요?

하얗게 이승을 덮어 오시는 눈을 기다렸는가 봅니다. 왜?

산에 겨울바람 속에, 봄 여름 가을 다 살아온 열매들이 살고 있습니다. 겨우내 산짐승의 먹이가 되지 않는다면 다시 시작할 봄을 맞게 되겠지요. 조마조마한 심정일까, 그저 태연하실까?

사랑과 미움이 한 자리에서 나오는 거라는데, 다정한 마음을 그대로 받고 거기 끄달려 살지는 않는다고? 그런 일이 가능한 걸까?

세상사 모두 상대가 있고, 내게 담아 두어서 짐 된다고 남에게 떠넘기면 남은 또 어떻게 하라구요?

한 생애를 보내면서 믿는 것 나 하나뿐! 그렇지요? 그 나 하나도 실상은 텅 빈 존재. 스러질 눈밭 같은 것. 그래서 고맙기도 하고 소중하기도 한 것이 인생이고 우리 존재 아닌가?

그렇다. 그의 질문은 늘 이런 식이다. 어떤 질문에는 단박에 그 대답이 나오기도 하는데, 어떤 질문에 대해서는 그 답에 대해 확신이 서질 않는다는 게 그의 질문들이 지니고 있는 얄미운 점이다. 그의 질문들을 접하고 나면 은근히 뱃속이 복잡해진다. 분명히 상식적으로 생각했을 때는, 지금 내 입에서 나온 이 답이 정답일 것 같은데…, 그의 질문을 다시 한 번 넌지시 뒤돌아보고 나면, 나의 대답에 갑작스러운 혼란이 일어나는 그런 종류의 질문들이다. 대답을 다시 목구멍 속으로 삼키게 되는 질문들…. 그것이 바로 이철수가 던지는 질문의 매력이라고 나는 생각한다. 명쾌한 대답을 할 수 없게 만드는 질문. "혹시 지금 내가 잘못 살고 있는 것은 아닐까?" 하는 생각을 하게 만드는 질문.

그런 이유 때문에, 나는 이철수의 작품을 의식적으로 피하곤 하는 편이다. 그의 질문을 받고 나면, 뱃속이 뒤집어지고 머릿속이 뒤숭숭해지기 때문이다. 30년 동안 면벽 수도를 해 온 스님이 웃음 띤 얼굴로 내 목을 조르는 것 같기도 하고, K1 격투기 챔피온에게 '허리 꺾기' 기술을 당하고 있는 것 같은 기분이 되곤 하기 때문이다. 그러나 그럼에도 불구하고 나는 그의 손아귀에서 벗어나지 못한 채로 하루하루를 살아가야 하는 불쌍한 운명에 처해 있다. 왜냐하면 내 방의 가장 눈에 잘 띄는 자리에, 그의 판화 그림으로 만든 달력이 버젓이 걸려 있기 때문이다.

이철수라는 이름의 나침반. 어떻게 살아가는 것이 옳은 것인지에 대해, 끝없이 나에게 말을 걸어오는 집요한 나침반. 도대체 밥 한 그릇에 무슨 행복이 있고, 물 한 그릇에 무슨 기쁨이 있단 말인가? 밥 한 그릇, 물 한 그릇이 무어 그리 대단한 거라고…. 그러니 환장할 노릇이다…. 왜, 차라리 그냥 절 죽이지 그러시나요? 으흐흐.

이철수. 그의 그림 속에는 무수한 질문이 있고, 또한 무수한 대답이 있다. 그가 던지는 질문의 핵심이 무엇인지를 찾아 내고, 그 질문에 대한 답을 찾아 내는 일은 순전히 그의 그림을 접하게 되는 사람의 몫이다. 그리하여, 그의 그림을 만나는 일은 즐거운 일이다. 그리고 아주 가끔은 견딜 수 없는 고통이다. 그러니, 부디 여러분들에게 행운이 함께 하시기를 빌 따름이다.

2005년 2월 17일 오후
서울 삼성동의 작은 사무실에서, 제천 쪽의 하늘을 바라보며

김원 올림

An Existential Compass, Lee Chul Soo

Kim, Won | Art Director of Monthly PAPER

Individual perception is subjective, especially when it comes to art. So when I was asked to review Lee Chul Soo's work I was apprehensive, especially with how well known his art already is. But as someone who has been a fan of Lee Chul Soo's artwork for a long time, and as someone who has heard Lee's voice and heart in his work—I decided to try writing this anyway.

Whenever I encounter Lee's artwork it isn't just a viewing, but an event. His works engage you in conversation, starting with a simple greeting, "How are you?" In his pictures you can read the expression behind the greeting— sometimes it is a smile, sometimes it is a placid face, and sometimes it's just said as the reflex of a polite automaton. But whatever the mood of these introductions, a deeper conversation develops.

A picture might say, "It's very windy today, isn't it difficult to walk against it?"
Or, "What is the best way to live?"

These simple conversations evoke the philosophy in worms, snails, dandelions, stars, chairs, ladders, cakes, and the other small things around us.

"Do you watch the stars from time to time?"
"Isn't a bowl of rice and a cup of water all you need to be happy?"

But sometimes his images ask questions that can't be easily answered and sometimes the world can not be reduced to the philosophy of worms, snails, dandelions, and the small things around us. There are the everyday tragedies of broken-hearted people, the physical destruction of our environment, lost souls turning into slaves to money, and so much more.

"What's it like to know the emptiness of a snow-covered field?"
"Is a bowl of rice and a cup of water really enough to be happy?"

So I asked him, "Hey, Mr. Lee! Do you have an answer?" His face was in some imperceptible place between a smile, a completely placid or perhaps a completely reflexive expression and he replied, "The answer is within you." And after that helpful answer, he enigmatically walked away.

"Who cares about bowls of rice and a cups of water, anyhow?"

These questions are simply phrased but difficult to answer truthfully. We must swallow our instinctive answer and reflect. Hung on my wall, the beauty and essence of Lee Chul Soo's artwok is embodied in its relentless questions. Like an existential compass, Lee directs conversation towards our own lives. Many questions and answers are thrown from out of his artwork but it is entirely up to us to find them. There is both fierce delight and melancholy bitterness in Lee Chul Soo's art, and I warmly welcome you to share in meeting their questions.

February 17, 2005
From the small office at Samsung-Dong, Seoul as I looked at the sky toward Jechon where Lee Chul Soo lives

Kim, Won